ㄴ 지
혜
智
慧

살면서 깨달은 지혜 智慧

발행일	2022년 6월 29일		
지은이	김종한		
펴낸이	손형국		
펴낸곳	(주)북랩		
편집인	선일영	편집	정두철, 배진용, 김현아, 박준, 장하영
디자인	이현수, 김민하, 안유경, 김영주	제작	박기성, 황동현, 구성우, 권태련
마케팅	김회란, 박진관		
출판등록	2004. 12. 1(제2012-000051호)		
주소	서울특별시 금천구 가산디지털 1로 168, 우림라이온스밸리 B동 B113~114호, C동 B101호		
홈페이지	www.book.co.kr		
전화번호	(02)2026-5777	팩스	(02)2026-5747

ISBN 979-11-6836-339-7 03810(종이책)   979-11-6836-340-3 05810(전자책)

(주)북랩 성공출판의 파트너

북랩 홈페이지와 패밀리 사이트에서 다양한 출판 솔루션을 만나 보세요!

홈페이지 book.co.kr   •   **블로그** blog.naver.com/essaybook   •   **출판문의** book@book.co.kr

작가 연락처 문의 ▸ ask.book.co.kr

작가 연락처는 개인정보이므로 북랩에서 알려드릴 수 없습니다.

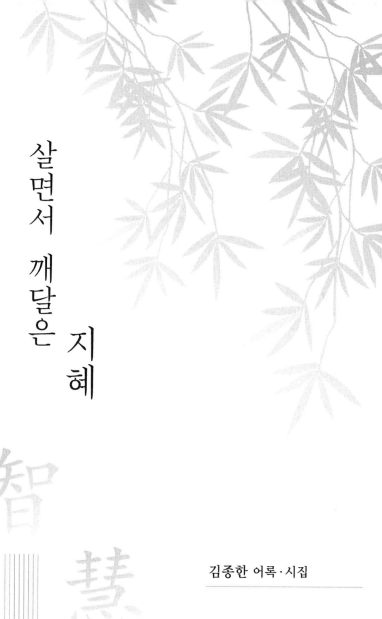

살면서 깨달은 지혜

智慧

김종한 어록·시집

북랩

머리말

어느덧 예순 한 살(61세), 만 60세의 생일을 한 달 앞두고 있습니다. 이른바 회갑(回甲)의 나이가 다가오고 있습니다. 그런데 어느날 뒤를 돌아보니 도무지 제대로 해 놓은 것이 아무 것도 없음을 깨달았습니다. 그래서 부랴부랴 회갑을 준비해 왔습니다.

이제 세상에 내놓는 글들은 이미 먼저 사신 훌륭한 분들의 어록을 나름대로 표현해 놓은 것입니다. 따라서 특별하고 새로운 것은 없습니다. 다만 부족한 솜씨로 시를 첨가했을 뿐입니다.

그동안 회갑을 준비하면서 몰라서 못 했고, 알아도 실천하지 못한 것이 너무나 많음을 깨닫지 않을 수 없었습니다. 그래서 지금부터라도 사는 날까지 조금이라도 실천에 옮겨 보려 합니다. 혹시라도 그렇게 된다면 남은 생을 더 알차고 기쁘게 살 수 있을 것 같습니다.

살면서 깨달은 지혜 智慧

회갑(回甲)

참으로 생소하고
낯선 단어
이렇게나 빨리
해 놓은 것도 없는데

전에 미리 알았다면
아니 지금이라도
깨달았으니
실천 또 실천

돌아보니 너무 고맙고
생각해보니 정말 미안하고
시간은 야속하지만
세월은 늘 정직한 것

앞으론 좀 더
베풀고 용서하며
사랑과 진리와 정의를 향해
또다시 시작
인생은 지금부터

2022. 6. 12 우거(寓居)에서

김 종 한

5

차례

제1부

삶을 알차게

제2부

삶을 멋있게

제3부

가족(家族)이란?

제4부

나는?

제1부

삶을 알차게

인생(人生)

뜻대로 되지 않는 것이 인생(人生)이다. 만약 자기 뜻대로 인생이 펼쳐진다면 그는 사람이 아니라 신(神)이다. 인생은 짧고 고달프지만, 오르막길만 있는 것은 아니다.

젊었을 땐 뜻대로 되기에
인생(人生)은 그런 줄 알았는데
어느 날 뜻대로 되지 않자
뒤늦게 인생(人生) 깨닫고

삶이 버겁고 힘들어
포기하고 싶을 때도 많고
애써 행복 찾아보지만
도대체 어디 있는지

인생(人生)은 한 번이기에
결코 멈출 수도
포기할 수도 없고
여기까지 어떻게 왔는데

끝까지 마침표 잘 찍어
승리의 월계관 쓰자.
오늘도 최선(最善)과 손잡고

새해맞이

새해를 맞는다는 것은 일 년을 선물로 받았다는 것과 다름없다. 다만 "어떻게 맞이하느냐?"가 관건(關鍵)이다. 새해가 되면 목표를 꼭 세우고 세부적인 실천 계획도 마련해야 한다. "흰 도화지에 어떤 그림을 그리느냐?"에 따라서, 그해 말에 미소 여부가 판가름 날 것이다.

새해 맞는다는 것
아름다운 꿈 꿀 수 있는
자리 생겼다는 것
일 년 365일!
언뜻 많은 나날 같지만
지내놓고 보면 금방

선물로 받은 하얀 도화지
그림 그려야 하는데
어떤 그림?
이리저리 생각
고개도 갸우뚱

설레지만 알 수 없는 여행
가다 길 막히고
때론 여러 갈래 길 나올 수 있고
최악의 상황에는 안 보일 수도
그래도 후회 없는 여행 되고자
앞으로
또 앞으로!

첫 마음 (1)

  첫 마음을 간직하기란 매우 힘들다. 노력하고 또 노력해도 그 마음을 간직하기란 거의 불가능에 가깝다. 그럼에도 불구하고 첫 마음을 결코 잊어서는 안 된다. 첫 번째 설레었던 내 마음이기 때문이다.

한 번도 해 보지 않았기에
걱정 반, 기대 반
잘 할 수 있을까?

처음 가는 길이기에
조심조심
안 해본 일이기에
맞는지 틀리는지

시간 지나고
또 지나도
여전히 생각나는
그 마음

설레었던 마음
걱정했던 마음

첫 마음 (2)

첫 마음은 시간이 지나면 서서히 잊혀 지게 된다. 그래
도 첫 마음을 간직하려고 노력해야 한다. 첫 마음은 목표
를 향한 시작이요 출발이기 때문이다.

살면서 깨달은 지혜 智慧

세상에 나서
처음 보고 만난 느낌
무엇이었을까?

걸음마 떼고
말 하는 것도 처음
입학과 졸업, 취직 등도
모두 처음인데

첫 마음은
순수함과 열정
꿈 향한
패기의 첫걸음

인생은 고진감래(苦盡甘來)
초심(初心) 기억하고
계속 걸어 나가니
어느새 다가오는
희망의 등불

시간(時間)

    인생은 시간과의 싸움이다. 누구에게나 똑같이 주어진 하루 24시간을 어떻게 활용하느냐에 따라, 성공과 실패가 결정된다. 지금도 시간은 흐르고 있다.

살면서 깨달은 지혜 智慧

너는 누군가?
확실히 있는데
얼굴도 몸도 없고

출근 시간 빨리 오나
퇴근 시간 더디 오고
할 일 많으면 금방 가고
빨리 가라면 천천히 가고

누구나 똑같은 하루 24시간
어떻게 쓰느냐 따라
성공과 실패 나뉘니
결국 시간과의 싸움

성공하고 싶으면
아껴 쓰고
실패하기 싫으면
낭비 말고

인생은 시간과의 싸움
나도 흐르고
너도 흐르고

하루

누구에게나 '하루' 동안 주어진 시간은 24시간이다. 그런데 이를 어떻게 활용하느냐에 따라 '하루' 삶의 질이 달라지고, 결국 일생이 바뀔 수 있다. 정말 행복하고 보람된 삶을 원한다면, 주어진 하루하루에 충실해야 한다.

눈뜨면 아침
일하다 보면 점심
이것저것 하다 보니 저녁
어느새 하루가 금방

하루가 짧으니
한 달이 금세 가고
지난달 수 세다 보면
어느덧 일 년이 훌쩍

누구나 똑같은 하루 24시간
쓰기에 따라 짧기도 길기도

행복한 하루
보람된 일생 원한다면
답은 하나
하루하루 충실히 알차게

꿈

　자신의 꿈을 위하여 최선을 다하고, 그 꿈이 이루어졌더라도 결코 방심해서는 안 된다. 꿈을 이루는 것이 최종 목표가 아니다. 최종 목표는 그 꿈을 잃지 않고 끝까지 유지하는 것이다.

　살면서 깨달은 지혜 智慧

어렸을 때 가졌던 꿈
생각만 해도 기대되고
실현될 날 바라며
한 걸음씩 내딛던 꿈

때론 멀고도 험한 길
도저히 갈 수 없고
아무리 애써도
안될 것 같던 꿈

실패는 있어도
포기는 없다 격려하고
오늘 안 되면
내일도 있다며
다짐했던 꿈

꿈은 버려서는 안 되고
눈물과 좌절 속에도
끝까지
품고 가야 하는
내 삶의 이유(理由)

약속(約束)

약속은 반드시 지켜야 한다. 하지만 부득이 지키지 못했을 때는 빨리 사과하고, 자신의 약속 불이행을 인정해야 한다. 약속을 지키는 것은 매우 중요하지만, 막상 지키지 못했을 때 인정하고 사과하는 것도 참으로 중요하다.

믿고 신뢰하기에
약속
사랑하고 인정하기에
언약

믿음 없으면
힘들고
사랑 없다면
어렵고

약속은 지킬 때
의미 있고
지키려 노력할 때
진실하고
아름다운 것

실천(實踐)

아무리 좋은 생각과 뛰어난 아이디어가 떠오른다고 해
도, 실제로 행동에 옮겨지지 않으면 아무 소용이 없다. 열
매를 얻으려면 꼭 행동으로 이어져야 한다.

말 잘하고
훌륭한 생각 있어도
실천이 뒤따르지 않으면
아무 소용 없네.

좋은 의견 내고
뛰어난 계획 세워도
행동에 옮겨지지 못하면
열매 얻지 못하네.

수많은 결심보단
한 번 실천 필요
마음 정했으면
주저하지 말고 행동
실천은 성공의 비결

최선(最善)

　사람마다 타고난 재능(才能)과 능력(能力)의 차이가 있기에 모두 일등을 할 수 없다. 다만 늘 최선의 노력을 다하고 결과를 기다린다면, 설사 기대한 만큼 성과(成果)가 나오지 않더라도 만족할 수 있다.

인간 세상 경쟁 세상
저마다 최고 되고자
애쓰고 노력 거듭하지만

타고난 재능(才能)과
능력(能力) 달라
아무리 노력해도
모두 일등 불가능(不可能)

그래도 포기와 실망 금물(禁物)
타고난 재능(才能)과 능력(能力)
어쩔 수 없기에
최선(最善)이 내 몫

늘 최선을 다할 순 없지만
그래도 최선의 노력 다하고
결과 기다린다면
어떤 결과든
환한 미소로 만족

선행(善行)

　기회가 있을 때마다 타인에게 선행(善行)을 베풀어야 한다. 선행은 복(福)을 받는 일이고, 하늘에 금은보화(金銀寶貨)를 쌓는 유익하고 좋은 일이다.

선행(善行)은 복(福) 받고
하늘에 금·은보화(金銀寶貨) 쌓는
유익하고 좋은 일

세상은 혼자 아닌
함께 사는 것
남이 있기에 내가 있고
남 도움으로 내가 살고

내가 먼저 베풀면
남도 따라 하고
내가 먼저 시작하면
남도 찾아보고

인생은 공수래공수거(空手來空手去)
어차피 가져갈 수 없다면
하늘에 보화(寶貨) 쌓는 작업을

선행은 영원(永遠)의
보증수표(保證手票)

친구(親舊)

친구가 많으면 정말 좋지만 실상 좋은 친구는 그리 많지
않다. 내가 정말 어렵고 힘들 때 도움을 주는 친구가 있다
면, 그런 친구가 참 친구다.

힘든 인생길
나와 함께 가준다면
덜 외롭고
덜 힘들고
재미도 있을 텐데

꼭 가야만 하는 그 길
같이 가주는 사람 있다면
얼마나 행복할까?

그대가 힘들 땐
내가 나서고
내가 어려울 땐
그대가 도와주고

우린 친구(親舊)

양심 (良心)

살다 보면 자신의 행위(行爲)가 옳은지 그른지, 선(善)인지 악(惡)인지를 판단 내려야 할 때가 있다. 그때 기준은 양심 (良心)이다.

사람 모습 다르듯
생각도 그야말로
십인십색(十人十色)

난 이것 같은데
저것이라 하고
모두 틀렸다 해도
난 맞는 것 같고

그래도 꼭 지키고
버려선 안 되는 것
설사 천만금, 억만금
준다 해도

하늘에서 부여받은
양심(良心)

돈

빈손으로 왔다 빈손으로 가는 것이 인생이지만, 사는 데 없어서는 안 되는 것이 있으니 바로 '돈'이다. 인간은 필요에 의해서 돈을 만들었지만, 막상 돈 때문에 많이 고민하고 무척 힘들어한다. 돈은 쓰기 위하여 버는 것이기에, 정말 가치 있고 빛나게 써야 한다.

사람 나고 돈 났지
돈 나고 사람 났나?
하지만
엄연한 현실은
돈이 최고

돌고 돌기에 돈이고
너무 많이 갖고 있으면
머리가 돈다고
돈인가?

돈은 쓰기 위해 버는 것
그렇다면
잘 벌고
잘 써야지

빛나고
가치 있게 쓴다면
돈은 또 모이고

직업(職業)

　자신과 가족의 생계(生計)를 위하여 직업(職業)을 가져야
하는데, 이때 본인의 적성과 능력 등을 적극적으로 고려해
야 한다. 월급을 많이 받는 것은 좋지만, 정작 본인이 하고
싶은 일을 해야 오랫동안 그 직업을 유지할 수 있다.

많고 많은 직업(職業)
정말
귀천(貴賤) 없나?

어렵고 힘든 일
대우받고
인정받을 것 같지만
세상은 꼭 그렇지 않네.

직업 있으면 행복하고
적성과 능력 발휘
가능하면
더할 나위 없고

아침에 눈 뜨면
무거운 마음도 있지만
출근할 곳 있다면
그야말로
기쁨이요 행복

행복(幸福)

누구나 행복한 삶을 꿈꾸지만, 모두가 행복하게 사는 것은 아니다. 저마다 행복의 기준과 처한 상황이 다르기 때문이다. 행복은 노력하는 사람에게 찾아오는데, 마음먹기에 따라 행복에 가까이 갈 수 있다.

살면서 깨달은 지혜 智慧

행복은?
기쁨
만족감과 성취감
마음의 평화 누리는 것

행복을 목표
공부와 일
열심히 성실히
선행과 정의로운 일도
찾으며 애써보는데

욕심 많을수록
행복 멀리 가고
마음 비울수록
행복 다가오고

건강(健康)

건강을 꾸준히 유지하려면 건강할 때 준비해야 한다. 만일 육체적·정신적 건강을 원한다면 잠시라도 긴장의 끈을 놓아서는 안 된다. 건강을 잃으면 결국 모든 것을 잃게 된다.

누구나 원하는
건강한 생활
누구나 바라는
장수(長壽)의 삶

그렇지만
안타깝게도
다 이룰 수 없네.

다만 건강할 때 건강 준비
탈 없을 때 건강 생각

건강하고 오래
잘 살고 싶다면
노력하고 준비하는 것
유일한 방법

여행(旅行)

　여행(旅行)은 자기 거주지(居住地)를 떠나는 것인데, 견문(見聞)을 넓힐 무수한 기회를 제공해 준다. 그러므로 기회가 있을 때마다 여행을 많이 하는 것이 좋다.

여행(旅行)은 떠나는 것
혼자 또는
같이 가기도
삶의 지혜 제공

견문(見聞) 넓히고 싶거나
어떤 고민 생겼다면
주저하지
망설이지 말고

현실에 안주(安住)해서는
더 이상 발전 없기에
떠나고 또 떠나
그곳에서
현재와 과거의 사람도 만나보고

여행은 고생이지만
기쁨 주고
생각할 기회나
새 지식 주는
고마운 친구

남는 것

하루 24시간은 누구에게나 공평하고 똑같지만, 시간을 어떻게 쓰느냐에 따라 결과는 천지 차이로 달라진다. 그런데 무엇을 할 것인가? 만족스러운 결과를 얻으려면 무엇이든 오래 남을 것, 가능하면 영원히 남을 것을 해야 한다.

살면서 깨달은 지혜 智慧

모든 것은
사라지고 없어지고
덧없고 허무하고
그래서 안 하고 싶기도 하고

그때는 좋다 생각
지금 보니 아니고
그때는 최상이라
이제 보니 더 좋은 게 생겼고

하긴 해야 하는데
안 할 순 없고

그렇다면
오래 남을 것
이왕이면
영원히 남을 것을

제2부

삶을 멋있게

습관(習慣)

어렸을 때부터 좋은 습관을 가져야 한다. 처음에는 부모가 자녀에게 좋은 습관이 몸에 배도록 해주고, 커서는 스스로 꾸준히 노력해야 한다. 세 살 버릇은 여든을 넘어 죽을 때까지 간다.

선천적(先天的)인 것
어쩔 수 없고
후천적(後天的)인 것
만들어야 하는데

일찍 일어나는 습관
매일 운동하고
독서하는 습관
약속 시간에 늦지 않고
절약하는 습관

나쁜 것 쉽게 배우고
좋고 바람직한 것
익히기 어렵고
그래도 자꾸자꾸

한 번에 될 수 없지만
계속계속 되풀이
몸에 밸 수 있다면
넉넉하고 빛나는 인생

인사 (人事)

하루 중 서로 처음 만났을 때 아랫사람이 먼저 윗사람에게 인사(人事)를 하는 것이 좋다. 하지만 윗사람이라도 먼저 인사를 건네는 것은 바람직하다. 인사는 상대에게 '예(禮)'를 표하는 것이고, 관심과 사랑의 표현이기 때문이다.

인생은 만나고
부딪히는 것
싫어도
어쩔 수 없어

하고픈 일만
할 수 없고
보고픈 사람만
만날 수 없어

만나면 인사부터
위아래 따질 것 없이
존경의 예(禮) 표하고

고맙거나 미안할 때
축하와 위로 때도
인사부터 건네면
마음의 평화는 기본
기쁨과 만족은 덤

글쓰기

때때로 자신이 겪은 일이나 생각 또는 느낌 등을 글로 써서 남겨 두는 것이 좋다. 글쓰기 작업을 통해 자신의 일생(一生)을 돌아보고 정리해 볼 수 있기 때문이다.

글쓰기는 침묵의 작업
내면세계(內面世界) 꺼내주고
일생(一生) 돌아보며
정리도 해주고

일기(日記), 시(詩)
수필(隨筆), 소설(小說) 등
겪어보고 느껴본 것이나
다양한 생각 글로써 표현

때론 화려한 언변(言辯) 대신
침묵의 글쓰기
생각하고 다듬고 정리

홀로 간직
가족과 공유도 가능
세상에 내놓을 수도
글쓰기는
자화상(自畵像)이자 말벗

역지사지(易地思之)

처지를 바꾸어서 생각해 보면 상대방의 마음을 많이 헤아릴 수 있다. 내가 하기 싫으면 남도 하기 싫고, 내가 용서받고 싶다면 남도 그렇다.

살다 보면 쉬운 것도
어려운 것도 있는데
역지사지(易地思之)
정말 쉽지 않네.

내가 남이 아니니
처지와 입장
모두 알 수 없지만
바꿔보면 슬슬
답 나오네.

내가 하기 싫으면
남도 하기 싫고
내가 용서받고 싶다면
남도 그렇고

오늘까진 내게 관대하고
남에게 철저했지만
내일부턴 바꾸고 또 바꿔서

역지사지(易地思之)
인생의 스승

욕심 (慾心)

　누구에게나 욕심(慾心)은 있는데, 욕심이 지나치면 판단
을 흐리게 하고 결국 화를 불러오게 된다. 인간은 만족할
줄 모르기에 늘 욕심을 경계해야 한다.

없을 땐 갖고 싶고
막상 하나 생기면
두 개 만들고 싶고
채워도 채워도 끝없네.

많이 가질수록
행복할 줄 알았고
없어지면 채울수록
기쁠 줄 알았는데

욕심(慾心)과 행복(幸福)
늘 같지 않네.

문득 마음 비워
내려놓고
미련 던졌더니
어느새 찾아온
행복 손님

공짜

세상에 공짜를 싫어하는 사람은 없다. 그래서 무료로 그냥 준다고 하면, 사람들은 긴 줄도 마다하지 않고 줄을 서서 기다린다. 하지만 슬프게도 공짜는 없다. 공짜 이면(裏面)의 대가성이 눈에 보이지 않을 뿐이다.

살면서 깨달은 지혜 智慧

아무것도 하지 않고
저절로 생기는 것?

노력하지 않고
그냥 얻을 수 있는 것?

하나 얻었다면
언젠가 줄 때 있고
뭔가 베풀었다면
나중에 받을 수도 있고

공짜는 게으름이 찾아와
언제든 배신할 수 있지만
땀과 수고는 힘들어도
정직하기에
믿을 수 있고

자동차 운전(自動車 運轉)

　자동차 운전을 할 때는 언제나 교통사고의 가능성을 염두(念頭)에 두고 해야 한다. 베스트 드라이버(Best driver)란 안전 운전(安全 運轉), 방어 운전(防禦 運轉)하는 사람이다.

능숙한 운전자
안전 운전(安全 運轉)
방어 운전(防禦 運轉)

안전 도착(安全 到着)
언제나 예스(Yes)

음주 운전, 졸음운전
난폭 운전, 방해 운전
절대 금물(絶對 禁物)

안전 운전, 방어 운전
배려 운전, 양보 운전
적극 권장(積極 勸奬)

사고 가능성
위험 요소
미리 피하면
누구나 베스트 드라이버

실망 (失望)

어떤 일에 실패했다고 자신에게 실망(失望)해서는 안 된다. 실패는 성공으로 이어질 수 있지만, 실망은 자기 자신을 끝없이 추락시킬 위험이 있다. 오늘 지는 해는 기다리면 내일 다시 떠오른다.

살면서 깨달은 지혜 智慧

실패는 성공으로 가는 길
오늘 실패
성공 위한 공부
기회 주어졌으니 감사

실패가 실망으로 이어지면
결국 실패로 끝나지만
실패를 기회로 생각하면
용기와 힘 솟아나고

실망과 좌절 금물(禁物)
실망 대신 희망 떠올리고
낙심(落心)을 결심(決心)으로
그렇게 되면
언젠가 앞날 열리네.

석양(夕陽) 바라보며
꼭 하고 싶은 말
오늘만 날 아니고
내일도 해는 뜬다.

표현(表現)

  자기 뜻이나 생각 또는 감정 등을 분명히 표현(表現)하
는 것이 중요하다. 표현하지 않으면 상대방은 정확히 알 수
없다.

내 뜻과 생각
감정 있다면
표현(表現)이
필요하고 중요

고마울 땐 고맙다
미안할 땐 미안하다
사랑하면 사랑한다
말해야 알아차림

표현이 서툴고 부족하면
오해(誤解)할 수 있고
쑥스러워 말 안 하고
그냥 넘어가면
잘못 생각할 수 있고

표현 잘하면
내가 당당해지고
주저하지 않고 나타내면
제대로 알아주고
표현은 또 다른 나

대화(對話)

말을 안 하고 살 수는 없기에 대화는 꼭 필요하다. 대화
는 소통이고 서로를 읽는 것이다. 지금 대화할 누군가가 있
다면 그 사람은 행복한 사람이다.

대화는 꼭 필요한 것
나 알리고 너 알아간다면
그게 바로 소통

대화는 의지 있으면 가능
서로 달라도
생각과 뜻 펼쳐놓고

행복은 생각하기 나름
대화할 상대 있다면 행복
만약 없다면
찾고 또 찾아야지

말

　"말 한마디로 천 냥 빚을 갚는다."는 속담처럼 말의 힘은 어마어마하다. 사람은 말로 자신의 감정을 표현하고 의사를 전달하는데, 좋은 말과 고운 말을 쓰도록 노력해야 한다. 그렇지 않으면 언젠가 나쁜 말과 흉한 말을 들을 수 있다.

말의 힘은 대단해
사람을 죽이기도
살리기도

나쁜 말 듣기 싫고
좋은 말만 하고 싶은데
뜻대로 되지 않네.

잔소리, 비난, 지적
힘없게 하고
칭찬, 격려, 용서
춤추게 하니
알아서 선택

고운 말의 주인
복과 상
기다리고 있네.

거짓말

거짓말은 사실이 아니기에 언제인가는 탄로(綻露)가 난다. 유혹을 물리치고 거짓말 대신 참말을 택하는 사람은 인생의 승리자이다.

거짓말은 위선(僞善)
사실인 양 꾸며대기에
거짓이자 피해야 할 적(敵)

잘못 덮고
자신 포장하고 싶고
때론 재미로 해 보지만
남는 것 초조와 불안뿐

거짓말은 거짓말 낳고
불신 유도(誘導)하니
처음부터 과감히
물리치는 습관을

내가 하면 남도 하고
한번 참으면 안 할 수 있으니
피하고 또 피하고

수시로 찾아오는
유혹 물리치고
참말 택하는 자
누가 봐도 진정한 승리자

험담(險談)

사람에게는 누구나 장·단점이 있는데, 뒤에서 남을 험담 (險談)하는 일은 옳지 않다. 남을 지적할 때의 손가락은 하 나이지만, 동시에 자신을 지적하는 손가락은 셋임을 명심해 야 한다.

험담(險談)은 나쁜 습관
진실한 사람 험담 싫어하고
뒤에서 남의 말 안 하고

누구나 장·단점 있는데
대부분 장점 꺼리고
단점 끄집어내
부각(浮刻)시키고

험담 늘어놓으면
자신은 올라갈 것 같지만
지적과 비난으로 이바구[1]하면
순간적 재미는 있겠지만

내가 험담에 동참하면
없을 때
도마 위에 올라갈 차례는 나

남 지적하는
손가락 하나지만
자신 지적하는
손가락 무려 셋

---

1) '이야기'의 경상도 사투리

잔소리

    가르침과 잔소리는 확연(確然)히 다르다. 가르침은 성장을 가져오지만, 잔소리는 자칫 반항심을 불러오기 쉽다. 따라서 될 수 있으면 잔소리를 지양(止揚)해야 한다.

부모와 스승의 가르침

남편과 아내의 의견피력(意見披瀝)

상사의 업무지시

필요 이상 하게 되면

모두 잔소리

자신은 듣기 싫으면서

남에겐 자질구레한 말

끊임없이 늘어놓고

가르침은 성장

잔소리는 반항심

비슷한 것 같지만

전혀 다른 성격

누군가의 성장과

발전 바란다면

믿고 맡기며

잔소리 대신

가르침

황당무계 (荒唐無稽)

같이 일하는 동료가 어느 날 황당무계(荒唐無稽)한 말이나 행동을 할 때가 있다. 이는 상식(常識)이 서로 다르기 때문이다. 그때는 타인에게 조언(助言)을 구하는 것이 좋다.

말이나 행동
참돼야 하는데
터무니없을 때
황당무계(荒唐無稽)

상식(常識)에 어긋나고
벗어나는 언행(言行)
모두 황당무계

왜 그런 말
어찌 그런 행동
도무지 이해할 수 없고
받아들일 수 없어
조언(助言) 구하기

황당무계한 소문이나
이야기 또는 행동
모자람이요
어리석음의 극치(極致)

결정(決定)

인생은 매 순간이 결정으로 이루어진다. 짧은 하루도 시작부터 마침까지 결정으로 완성된다. 다만 인간은 미래를 알 수 없기에, 좀 더 신중하고 때로는 과감하게 결정해야 한다. 어차피 모두를 택할 수 없다면, 하나를 택하고 나머지는 버려야 한다.

살면서 깨달은 지혜 智慧

일어날까? 먹을까?

살까? 할까?

아니면 다음에

하루에도 결정할 일

부지기수(不知其數)

비일비재(非一非再)

잘못될까

망칠까

더 좋은 게

있을 것 같아

때론 결정 못하고

미래 일 알 수 없고

결과 미리 볼 수 없어

신중히 고민 고민

오늘도 꽃자리 찾아

기다림

　인생은 기다림의 연속(連續)이다. 모든 것은 때가 있기에 참고 기다려야 한다. 기다림의 시간은 때로 힘들고 쓰지만, 그 열매는 꿀처럼 달다.

살면서 깨달은 지혜 智慧

싫어도
기다려야 하고
바라는 것이 있다면
기다림이 답(答)

새 생명의 탄생도
심지어 죽음조차도
기다림 끝에

좋은 때가 필요하고
원하는 것 얻으려면
여유 갖고 충분히

기다림은
인내심(忍耐心)의 값 내고
원하는 선물 받게 하는
슬픔과 기쁨의 두 얼굴

극복(克服)

인생(人生)은 고해(苦海)이기에 숱한 어려움이 수시(隨時)로 찾아온다. 그렇다고 걱정만 할 필요는 없다. 인생은 새옹지마(塞翁之馬)이다. 어떻게든 극복(克服)하려고 애를 쓰면, 괴롭고 고통스러운 시간도 분명히 끝난다.

인생(人生)은 고해(苦海)
숱한 어려움
수시(隨時)로 찾아오고
해결되면 또 오고

그렇다고 모두
피할 순 없고
걱정과 한숨만?

극복(克服)이 정답(正答)
어려움과 시련
고난과 위기
모두 극복
찾아오면 또 극복

비가 개면 맑은 하늘
어려움 극복하면
기쁨 방문, 희망 선물

인생은 새옹지마(塞翁之馬)
"이 또한 지나가리라."

평화(平和)

인간은 많은 욕심을 내지만, 세월이 흐를수록 결국 꼭 필요한 것이 하나 있다는 것을 깨닫게 된다. 그것은 바로 평화(平和), 마음의 평화(平和)이다.

살면서 깨달은 지혜 智慧

살다 보면 왜 이리
필요한 게 많은지
열심히 노력해서
다 구했더니
또 생각나고

어느 날 문득
고민끝에
깨달은 한 가지

설사 많은 것 가졌다 해도
이것 없으면 무용지물(無用之物)
그 어떤 공포에서도
자유롭고
맘 편히 지낼 수 있다면

기필코 얻어야 하는
평화(平和)
마음의 평화(平和)

제3부

가족(家族)이란?

가족(家族)

  가족이라 하여도 하루 중 모두 함께 하는 시간은 그리 많지 않다. 심지어는 한 끼 식사조차도 가족이 같이 하지 못하는 것이 엄연한 현실이다. 그런데도 가족이 좋고 그리운 이유는 시작부터 함께 해 왔기 때문이다.

알지 못하던 남녀
어느 날 서로 만나
인연 맺고 시작한
공동체 가족

부모는 자녀 낳고
자녀는 부모 사랑
받으며
탄생한 가족

세월 흘러
부부는 서로 닮아가고
자녀는 부모와 함께
성장하니

어느새 가족이라는
새 팀 완성

배우자 선택(配偶者 選擇)

　결혼에 성공하려면 내게 맞는 좋은 배우자를 선택해야
한다. 좋은 배우자란 나와 끝까지 희로애락(喜怒哀樂)을 함
께 할 사람이다.

결혼은 행복 위한 모험(冒險)

성공여부 아무도 모르고

마지막 가야 알 수 있고

좋은 배우자 만나려

외모, 학벌, 집안,

성격, 꿈, 가치관,

직업, 취미 등

꼼꼼히 따져봤는데

뒤늦게 깨달은

진실성(眞實性)

항구성(恒久性)

책임감, 건강,

참된 사랑도 필요

내게 잘 어울리고

나와 대화 잘 되며

끝까지 희로애락

함께 할 사람

바로 내 배우자(配偶者)

부부(夫婦)

  한 남자와 한 여자가 인연을 맺고 부부가 되지만, 그 길은 결코 순탄하지 않다. 서로의 생각과 뜻이 늘 일치하지 않기 때문이다. 부부는 공동의 목표를 향해 끊임없이 노력해야 하는 미완성의 공동체이다.

인연 닿아 부부 됐지만
늘 행복하지 않고
사랑 확인 후 함께 살지만
항상 좋지 않고

서로에게 기대 클수록
실망 커지고
내 것만 고집하면
언제나 불협화음

목표 같다면 둘은 동지
서로 부족하니 채워주자.
남에서 님 되는
그날까지

부모(父母) 사랑

부모의 노고는 나중에 자녀를 낳아 키워보면 저절로 알
게 된다. 부모의 은혜에 대한 보답이 부모 사랑이라면, 꼭
살아계실 때 효도해야 한다. 부모 사랑은 아무리 강조하여
도 지나치지 않다.

살면서 깨달은 지혜 智慧

어떻게 키우고
얼마나 애쓰셨을까?
막연히
고맙고
감사하던 그날

이제 부모 되어
자녀 키우다 보니
부모 사랑
조금씩 알게 되고
깨닫게 되네.

내 곁
언제가 떠나실 것
조금만 더 일찍
알고 깨달았더라면

오늘도
아쉬움과 속상함
끝없이 달래보네.

자녀양육(子女養育)

자녀를 보살펴 잘 자라게 하는 것은 부모의 의무다. 부모는 자녀양육(子女養育) 할 때 기다림과 격려, 칭찬, 이 세 가지 단어를 늘 잊지 말아야 한다.

자녀는 하늘의 선물
아끼고 보살피고
사랑으로 키우지만
잘 자랄까?

조금 늦더라도
기다려주고
잘 안되어
고민할 땐 격려
아주 조그만 일에도
빼놓지 않고 칭찬

건강하고 밝게 자라면
부모 흐뭇
남 배려하며
행복하게 살아간다면
더할 나위 없고

자녀는 부모의
자랑이자 거울

형제자매(兄弟姉妹)

부모가 모두 돌아가시면 형제자매(兄弟姉妹)라 하여도 화합하기가 쉽지 않다. 만약 어떤 상황이 발생했을 때는 가급적 맏이를 중심으로 일치해야 한다. 부모는 자녀들이 사이 좋게 잘 지내기를 바라신다.

살면서 깨달은 지혜 智慧

하늘의 뜻으로
한 집안에서 태어났으니
형제자매(兄弟姉妹)

기쁜 일과 슬픈 일
좋은 일, 나쁜 일
모두 함께 겪으며
어느새 어른 됐지만

사는 게 힘들다고
생각과 맘처럼
연락도 자주 못하고
신경도 많이 못 쓰고

그래도
우린 한 형제자매
사이좋게 잘 지내면
효도 따로 없네.

가족여행(家族旅行)

정기적으로, 또는 시간을 만들어서 가족이 함께 여행을 자주 다녀오는 것이 좋다. 가족여행은 이별 후에도 가족을 잊지 않게 해 주는 고맙고 소중한 여행이다.

가족여행
가족의 소중함 알려주는
고마운 여행

자전거, 자동차 여행
기차, 배, 비행기 여행
육지, 섬 여행
국내, 해외 여행

편한 몸과 맘으로
맛있는 음식 먹고
평소 못한 얘기 나누며
웃음꽃도 활짝 피워보고

주저하지 않고 떠날 때
가족 더 알게 되고
망설이지 않고 떠날 때
사랑 더 깨닫게 되고

가족여행
가족의 희망과 행복 위한
즐겁고 기쁜 여행

설 명절(名節)

설날이 돌아오면 차례를 지내고 웃어른들께 세배를 드리며, 성묘를 다녀와야 한다. 그런데 설날에 한 가지밖에 할 수 없는 상황이라면 단연 '세배'를 꼽고 싶다. 설 명절을 맞이하여 부모님 등 어른들을 찾아뵙는 일은, 아무리 강조해도 지나치지 않다.

"까치 까치 설날은 어저께고요.
우리 우리 설날은 오늘이래요."

어렸을 때 너무 많이 불러
지금도 익숙한 노래
세뱃돈 받고 싶어
손꼽아 기다리며
자꾸 불렀던 그 노래

막상 어른 되고 보니
설날의 기분, 전혀 다르네.
돌아가신 부모님 생각 간절
효도 못 했던 지난날
책망도 하고

그래도 설날은
기분 좋고 즐거운 날
조상님들 수고로 내가 있고
나의 애씀으로 후손들 있고

추석 명절(秋夕 名節)

추석은 수확(收穫)의 기쁨에 대한 감사와 나눔의 날이다. 일 년 동안 땀 흘려 일해서 거둔 것을 가족과 이웃 등과 잘 나눌 때, 추석은 즐겁고 따뜻한 명절(名節)이 될 수 있다.

추석은 연중(年中) 으뜸 명절(名節)
수확(收穫)의 기쁨에 감사하고
가족, 이웃 등과 잘 나누는 명절

조상님들 생각하며
송편 먹고
환한 보름달 보며
소원도 빌어보고

"더도 말고, 덜도 말고,
늘 가윗날만 같아라."

일 년 동안
땀 흘려 일했으니
쉬면서 먹고 마시며
즐길 수 있는 날

보름달처럼 둥글고
넉넉한 맘으로
감사하며 잘 나눌 때
올해도 추석은 기쁜 명절

성묘(省墓)

설이나 추석 등에는 가족이 함께 성묘(省墓)를 하는 것이
좋다. 자녀들은 성묘를 통하여 조상들의 존재(存在)와 노고
(勞苦) 등을 배우게 된다.

올해도 어김없이 찾아온
반가운 명절(名節)
가족이 손잡고
성묘(省墓)길 나서네.

조상님들 묘(墓) 앞에서
정성 다해 큰절
지난날 노고(勞苦)에
감사인사 듬뿍

가톨릭 성가 227번
'나는 부활이요 생명이니라'
부르다 3절 가사에
온통 마음 빼앗겨 버렸네.

"나는 생명이요 진리이며
너희가 가야 할 길이로다.
누구나 이 길을 충실히 걸으면
영원한 복락을 얻으리라."

먼저 가신 길
생명의 길
진리의 길이었기를

내가 따라가는 길
영원한 복락(福樂)
얻는 길이기를

부모 유언(父母 遺言)

부모의 임종(臨終)을 지키는 것은 매우 어렵다. 따라서 부모의 유언(遺言) 역시 그때 듣기 어려운 경우가 많다. 유언은 죽음에 이르기 직전에 남기는 말이지만, 평소에 부모가 하신 말씀을 모두 유언이라 생각하고 살아가야 한다.

부모님 모두 가셨으니
허전하고 그리움
말할 것 없고

살아생전
불효만 생각나
죄송 또 죄송
그런데 무슨 말씀 남기셨나?

아버지께선
"잘 다녀오거라."
어머니께선
"사이좋게 지내거라."

그날이 내게도 올 텐데
언제, 어떤 말
남겨야 하나?

제4부

나는?

나

이 세상의 수많은 사람 가운데 나와 똑같이 생긴 사람은 아무도 없다. 나는 전무후무(前無後無)하고 유일무이(唯一無二)의 인물이니, 아주 귀한 존재가 아닐 수 없다.

나는 누굴까?
어디서 왔고
어디로 갈까?
전(前)과 지금
앞으로도 연구 대상

부족하고 모자란
유한(有限)한 존재
내일 일도 모르니
나를 안다는 건
불가능이 정답

그래도 나 같은 사람 없고
전무후무(前無後無)
유일무이(唯一無二)하니
아주 귀한 존재

나를 보내신 분 있겠지
그렇다면 묻고 또 물어
그분 생각과 뜻대로
나는 누굴까?

시작(始作)

준비를 잘하는 것은 좋고 중요하지만, 자칫 지나치다 보면 시작(始作)을 못 할 수가 있다. 목표나 방법은 얼마든지 중간에 수정하고 보완할 수 있다. 그러므로 무엇이든 일단 시작하는 것이 참으로 중요하다.

세상에 저절로
되는 것
아무 것도 없고
열매도 씨 뿌려야
생기는 법

목적지 정해졌으면
이리저리 알아보고
준비하는 것
당연한 일

하지만
겁먹고 주저주저 하다간
세월만 지날 뿐

출발해야 도착
시작해야 마침
천리 길도 한 걸음부터
시작은 희망의 종소리

출생(出生)

그 누구도 이 세상에 오고 싶어 태어난 사람은 없다. 이 것이 출생의 신비(神秘)이지만, 부족한 인간으로서는 해결할 길이 막막하다. 다만 원하지는 않았지만 왜 태어났는지, 끊임없이 그 까닭을 찾고 또 찾아봐야 한다.

많고 많은 사람
이 세상에 오고 싶어 했던
사람 있나?

고민 고민
생각 생각해도
도무지 알 수 없기에
출생(出生)의 신비(神秘)

다만 두 번 아니라
오직 한 번뿐이기에

아름답고 보람된
일 찾으며
오늘도 내일도
끝까지 탐구(探究)

사랑

인간이 살아가면서 가장 많이 쓰는 단어가 '사랑'이지만, 이를 실천하기란 대단히 어렵다. 대부분 사랑받고 싶어 하기 때문이다. 정말 누군가를 사랑한다면 '주는 사랑'을 해야 한다. 그것도 상대가 원하고 바라는 사랑을 주어야 한다.

받을 수 있고
줄 수도 있고
때론 나누기도
꼭 있어야 하지만
정말 어렵고 힘든 것

너무 흔해 쉽게 말하고
자주 들어 귀한 줄 모르지만
그래도 없어선 안 되고
정말 필요한 것

받고 싶지만
주는 게 먼저
말보단 행동 중요

완성은 불가능
그래도 조금씩 꾸준히
누구나
사랑받으려 났기에

결혼 (結婚)

"결혼은 해도 후회하고 안 해도 후회한다."는 말은 맞다. 또한 "외로워서 결혼했더니 괴롭다."는 말도 맞다. 그래서 만약 외로움을 극복할 수만 있다면, 혼자 사는 것도 적극적으로 고민해 봐야 한다. 물론 결혼하는 것은 좋은데, 결국 결혼 여부는 외로움과 괴로움의 싸움이다.

때가 되면 하고 싶은 결혼
사랑해서 외로워서
함께 하고 싶어서

막상 살아보니
외로움 해결 그런데
뜻밖의 복병 등장
괴로움

어젠 외롭더니
오늘은 괴롭고
그렇다면 내일은?

함께는 분명 좋은 일
하지만 늘 행복하진 않고
때론 이러지도 저러지도

같이 산다는 것
행복 바라는 모험(冒險)

부부(夫婦) 싸움

부부는 서로 다른 환경에서 오랫동안 지내다 어느 날부터 같이 살고 있기에, 이해가 안 되는 부분이 많다. 그래서 말다툼을 하게 된다. 하지만 빨리 '부부의 자리'로 돌아가야 한다. 부부 싸움은 고스란히 자녀들에게 악영향(惡影響)을 주기 때문이다.

부부 싸움 안 좋지만
자신을 돌아보게 하고
배우자의 몰랐던 부분
알게도 해 주고

부부 싸움 하더라도
끝장내선 안 되고
오직 현재 일로만
상대 입장 확인하고

갑자기 다투더라도
해선 안 되는 말 금지
시시비비(是是非非) 가리려 말고
내 생각과 뜻 잘 표현하고

부부 싸움엔 승패(勝敗) 없고
'부부의 자리'로 빨리 돌아가야
신뢰회복(信賴回復)
공동우승(共同優勝)

병(病)

병(病)을 좋아하는 사람은 없지만 결국 병은 찾아온다.
무병장수(無病長壽)는 극소수의 선택받은 이만 누릴 수 있는
특권이다. 따라서 싫더라도 병을 친구처럼 대하고 함께 살
아가야 한다.

살면서 깨달은 지혜 智慧

생로병사(生老病死)
무병장수(無病長壽)

어떻게든 피하고 싶어
준비하고 대비하지만
기어코 찾아오는
고장(故障)과 탈(頉)

목표수정
일병장수(一病長壽) 아니
이병장수(二病長壽)

새 친구 생겼으니
인사 나누며
화이팅!
우리 잘 해보자!

이별(離別)

만남이 있으면 분명히 헤어짐도 있는데, 다만 그 때를 알지 못할 뿐이다. 아름다운 이별(離別)을 원한다면 평소에 잘 준비해야 한다. 그 순간이 갑자기 찾아오기 때문이다.

만남이 반갑다면
이별(離別)은 불청객(不請客)
좋은 벗 끝까지
보고 싶지만
그저 내 꿈일 뿐

여기서 물어보고
저기서 알아봐도
헤어질 답 없네.
어쩜 좋을까

유한(有限)의 세계에서
무한(無限)을 바랐으니
답 없는 건 당연하고
할 수 없이 준비밖에

떠나든 남든
이별은 슬픈 것

아름다운 이별 위해
앙금은 말끔히 씻어내고
사랑은 주고 또 주고

유언(遺言)

　때가 되면 자녀에게 유언(遺言)을 해야 하는데, 그 날과 그 시간을 알 수 없기에 평소에 남기는 것이 좋다. 유언 안에는 자신의 장례(葬禮), 재산(財産), 인생(人生) 등을 담는 것이 좋다.

무겁지만 딸에게
꼭 남기고 싶은 말
언제 무엇 남길까?

장례(葬禮)는
가톨릭대학교 의과대학에
시신기증(屍身寄贈) 결정했으니
알려주면 되고

부끄럽지만 재산(財産)은
현재 부채(負債)가 너무 많아
끝까지 정리해 보고
안되면 사실대로 말하고

남 대신 하느님 믿고
양심(良心) 기준으로 살아가렴.
끝없이 베풀며 이름(佳彬)처럼
아름답고 빛나게

아빠 끝까지 네 편
아빠 널 위해 기도(祈禱)

죽음

인간은 원하지 않았는데 태어났고, 또 자기 의사와 상관없이 죽음의 길을 가야 한다. 그런데 문제는 "어떻게 죽을 것인가?"이다. 라틴어 격언에는 이런 말이 있다. "Hodie mihi, Cras tibi(오늘은 내 차례, 내일은 네 차례)."

살면서 깨달은 지혜 智慧

불평등, 불공정 단어
그리 많이 쓰지만
평등하고 공정한 것
분명 있으니 바로 죽음

그날 전혀 알 수 없지만
때 되면 꼭 찾아오고
누구나 예외 없이
한 번 겪어야 하고

인간이면 누구나
피할 수 없이
가야만 하는 길

그 길 끝나지 않고
영원으로 이어질 수 있다면
더없이 아주 좋은 길
행복하고 바람직한 길

유종(有終)의 미(美)

결단(決斷)을 내려 일단 일을 시작했으면 마무리를 잘해야 한다. 결코 용두사미(龍頭蛇尾)가 되어서는 안 된다. 마침표를 찍고 끝을 잘 맺어야, 비로소 일이 완성(完成)되는 것이다.

시작도 쉽지 않았는데
끝도 어렵네.
잘 마무리 하고 싶은데

처음 목표 아득아득
어느새 종착역(終着驛) 부근(附近)
다 온 것 같은데
무엇 갖고 내려야 하나?

두 눈 감고 잠시
출발역(出發驛) 모습 회상(回想)
순수함, 열정, 꿈 향한 패기
그리고 초심(初心) 등

유종(有終)의 미(美) 위해
첫 마음 떠올리며
잊지 말고 바짝 긴장
내릴 때까지

종착역 (終着驛)

인생의 종착역(終着驛)은 죽음이 아니다. 영원한 생명이
보장된 '하느님의 나라'이다. 쉽고 편안한 길이 아닌 옳은
길, 하느님께서 알려 주시는 길을 걷는다면 목적지에 도착
할 수 있다.

살면서 깨달은 지혜 智慧

출발역(出發驛) 모르지만
종착역(終着驛) 알고 싶어
여기저기 수소문(搜所聞)

종착역 알고 나니
과제 생김
반드시 꼭 도착
혹 꽃길 없나?

어느 날
쉽고 편한 길
없단 걸 깨닫고
무심코 하늘 봤는데

다행히
옳은 길 알려주시니
종착역 향해
끝까지
앞으로 앞으로